VII

Ich bin müde ...

Können wir nach Hause?
Das wird schwierig, Krümel. Die Sonne ist bereits aufgegangen.

Hier können wir auch nicht bleiben.
Aber andererseits ...
Ganz einfach.
U... und was tun wir jetzt?
Hilfe holen.

Es ist immer noch nicht verheilt.
...
Beim letzten Mal verschwand die Wunde fast sofort ...

BESTATTUNGEN
HECHER
SEIT 1931
Kriiiii
Düdeldüdelü
Bzzz
Bzzz
Düdelüdelüdelü
Bzzz
Bzzz

Ja?
Biep
...
Verstehe.
Ich bin unterwegs.

Tut dein Rücken noch weh?
Ja ... ziemlich.
Jorels Waffe schießt UV-Licht.

Das ist vergleichbar mit ...
... konzentriertem Sonnenlicht.
Keine Sorge, Engel. Es dauert zwar, aber es heilt.
Ach so.

Mein Rücken.
Deine Schul-ter.
Dein Herz.
Um Letzteres werde ich mich besonders gut kümmern.

Ich werde das wieder in Ordnung bringen.
Versprochen.
Wer oder was auch immer dein Herz gebrochen hat ...
Oje, Daviiiiiid!
BLUSH

Du oller Romantiker.

Mona! ♡
Woah!
Wer ist denn das?
Meine Retterin!
Ja, komm, halt den Ball flach.
Können wir das nicht verschieben?
Erzähl mir lieber, was passiert ist, dass du bis zum Morgen hier sitzt.

Richtig ...
Kram
Mädchen, du auch!

Ich jetzt?
Ja.
Flap
Sst

Muss das alles sein?
Ich komm mir doof vor ...
Willst du verbrennen?
Nee?
Dann muss das alles sein.

Legt mal nen Zahn zu. Ich steh im Halteverbot.
Sst
Bereit?
Ja.

ZUCK
WAAAAH!
Ist das hell! Wie direkt in Schnee zu gucken!
Du bist kein Mensch mehr.
Aber keine Angst.
Grap
Deine Augen sind für die Nacht gemacht.
Es ist nicht weit und ich bin bei dir.

!
?
EMILY!
tap
tap
tap
ELLIOT!

EMILY!
BLEIB HIER!
Ich kann nichts sehen! Alles ist so hell und blendet ...
Wo geht sie hin!?
Merde!!!

Ich hab dich ver- misst!
Ein Sonnen- brand?
Huch?
Aber wie geht denn das?
So stark scheint die Sonne doch gar nicht ...

Es ist sogar bewölkt.
Wie kann es dann so hell und heiß sein?!

Hast du gesehen, wo sie hingerannt ist?
Mich hat fast alles geblendet.
EMILY!
Dann lass sie doch mal für wenigstens fünf Minuten am Stück auf!!
Nein, leider nicht.
Meine Augen waren geschlossen.

Ich bin der einzige Vampir im Sektor, der immun gegen Sonnenlicht ist.
Denkst du, du bist der Einzige, der mich am Tag aus dem Sarg holt?
Jetzt pass mal auf ...
Sie wird sich ja wohl nicht direkt dem Sonnenlicht aussetzen.
Oder direkt in die Sonne schauen.
Jetzt bleib mal ruhig ...

Seit vorgestern.
Was?!
Sie ist ja nicht erst seit gestern ein Vampir, oder?
EMILY!
AAAAAAAAAAAH!

EMILY! Was machst du für Sachen!
Ah ...
Schluchz
Merde!
Ich hab dir doch gesagt, Sonnenlicht ...
Sst

... ist gefährlich für uns!

VIII

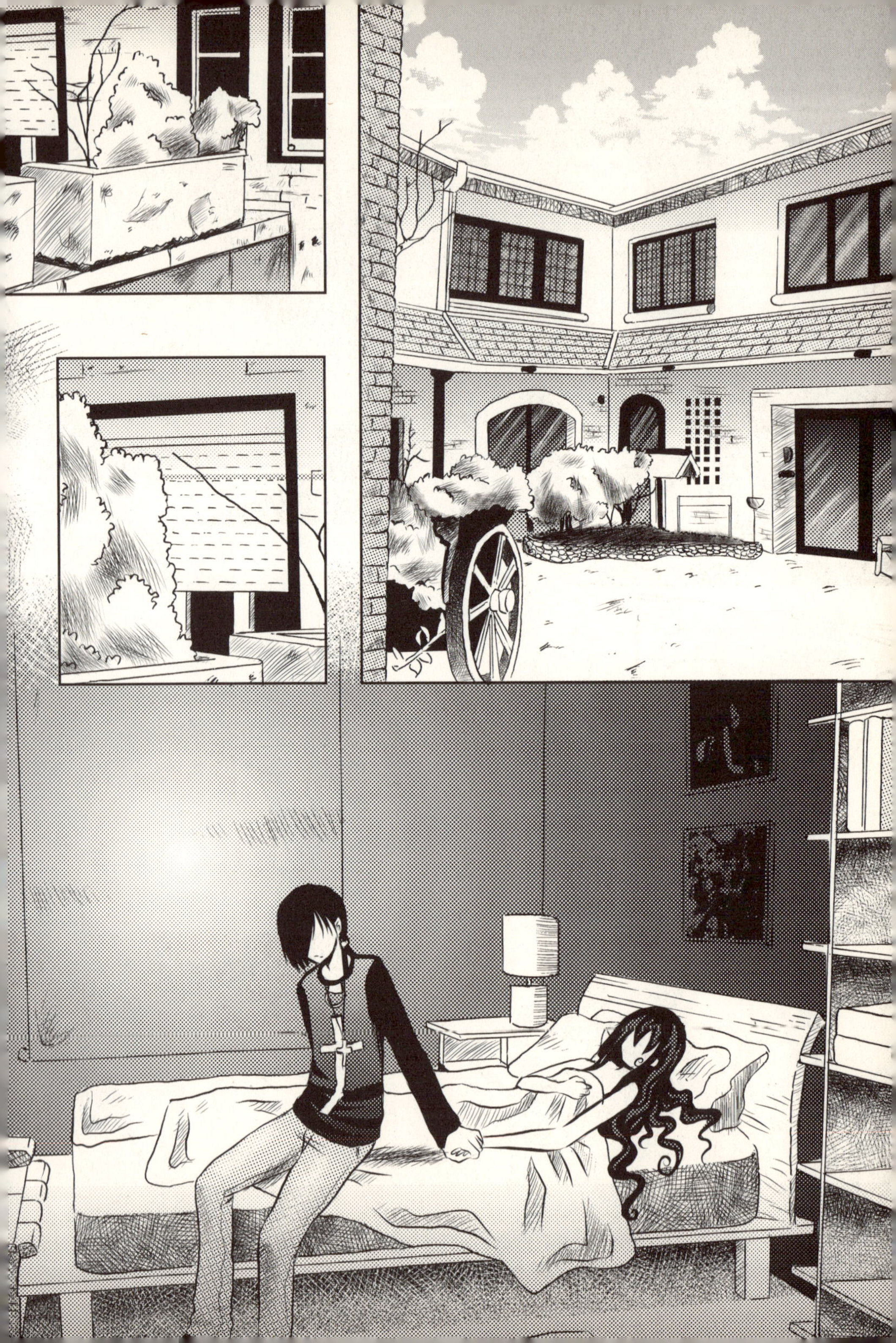

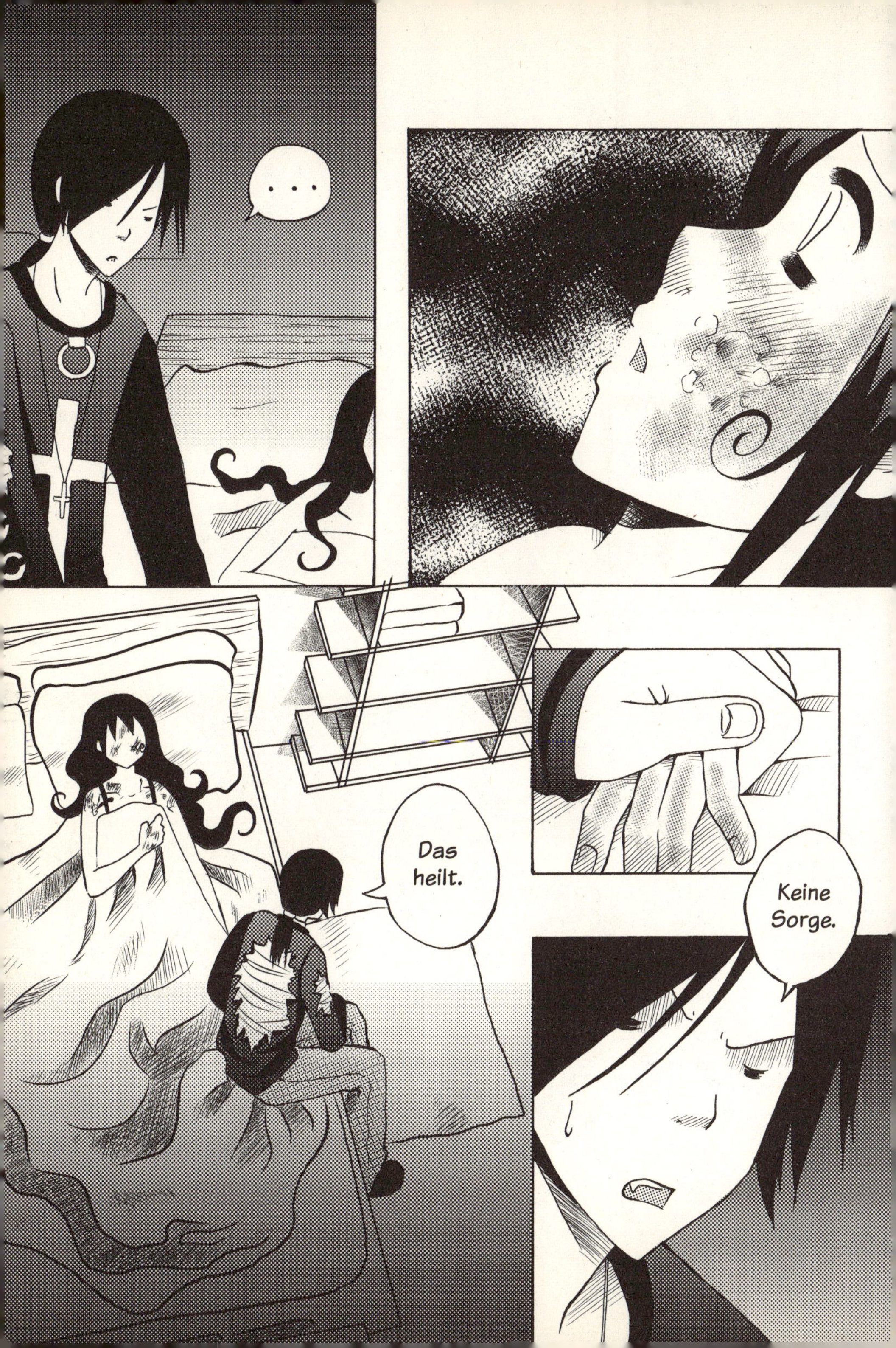
...
Das heilt.
Keine Sorge.

...
?!
Ich bin wirklich kein Mensch mehr.
Ein Mensch verbrennt sich nicht die Haut an der Morgen-sonne ...
... oder erblindet beim Blick in den Himmel.

Wie gesagt, das ist nicht von Dauer.
Es heilt schneller, wenn du trinkst.
Blut gibt Leben.
NEIN!
Ich will das nie wieder tun!

Der Junge, den ich gebissen habe, hatte sicher Schmerzen!
Ich möchte niemandem wehtun! Lieber habe ich Schmerzen und bleibe blind.
Wenn ich jetzt schon ein Monster bin ...

Ach, Emily ...
Du bist wirklich sehr süß.
Aber wenn du niemals trinkst, wirst du sterben.
... dann will ich ein liebes Monster sein.
Mir egal.

Mir aber nicht!
Trink mein Blut.

Aber ... i... ich ...
Kein Aber!
Ich bitte dich darum!
Ich kann es nicht ertragen, dich so zu sehen.
T... trotz- dem ...

Wenn du es nicht freiwillig tust ...
... dann siegt irgendwann dein Blutdurst.
Emily.
...
Dann verlierst du die Kontrolle.
Und dann greifst du wahllos alles an, was lebt.
Ohne es zu merken, würdest du töten. Und zwar sinnlos.

Trink von mir!
Lerne, die Grenzen zu erkennen und beherrsche dich.
Bitte.
...
O... okay.

Leider schlägt mein Herz nicht mehr ...
Brav.
Ja.
... aber wenn du genau hinhörst, hörst du das Blut noch durch meine Adern fließen.

Ah ...

Zzzzz...
EINE SCHANDE BIST DU!
BAM! BAM! BAM!
Mo-naaaaa ...
Ich kam aus dem Zimmer ...
Hilf mir.
EINE SCHANDE!
... und da war sie.

Dieser junge Mann ...
...
Oma. Was machst du denn?
Er trägt ein Kreuz um den Hals!
Der! Der hier! Das soll ein Vampir sein?
Wahrscheinlich frisst er täglich Knoblauchpizza!

Er ist am Tag wach!
Ein Cape hat er auch nicht!
Ich erkenne Blender!
Seine Zähne sind so offensichtlich aus Plastik!
...
Jetzt pass mal auf, du senile ...

Was machst du noch hier?
Oma. Es ist zwölf Uhr mittags.
Kind! Du hast Recht! Ich muss ruhen.
Ich gedenke nun, mich in meinen Sarg zu betten.
Fauch!
Gehabt euch wohl, ihr kleinen Leckerbissen!
Fauch!

BAMM
Wer war denn das ...?
Emily!

Ist sie denn keiner?
Meine Großmutter. Sie hält sich für einen Vampir.
Sie hat ihr Leben gut gelebt. Außerdem ...
Nein!
Und sie wird auch nie einer werden.
Wer will schon senil und ver-schrumpelt das ewige Leben leben?!
HOPPEL
Ich bin die einzige Untote in meiner Familie.

Aber ich hab doch Recht!
...
Trotzdem! Mehr Respekt vor dem Alter, bitte.
David. Reiz mich nicht.
Das heißt also ...
Ich bin doch älter als sie!
... sie lebt mit Menschen zusammen? Das geht?
Sie ist der einzige Vampir in ihrer Familie?

Mädchen! Dir geht es ja besser.
Blitzmerkerin.
Sozusagen ein menschliches Monster?
Äh ... ja!
Mein Name ist Emily.
Aber ich heiße nicht »Mädchen«!

Gut, dann Emily.
Aber wieso hast du denn ein Kreuz um? Tut das nicht weh?
Isst du wirklich Knoblauchpizza?
Nein. Meine Zähne sind echt.
Sind die Zähne vom Herrn David echt aus Plastik?
Hä?

Oje, Krümel. Ich denke, es ist Zeit für ein wenig Aufklärung über Vampire.
Weißt du ...
Fast alles, was Menschen über die Schwächen von Vampiren zu wissen glauben, wie die Angst vor Kreuzen, Knoblauch, Weihwasser oder Silber ... das sind alles »Ticks«.
Es ist vergleichbar mit den Allergien eines Menschen. Viele sind weit verbreitet, andere wiederum selten. Die Fähigkeiten und Ticks eines Vampirs hängen oft vom Herkunftsort und der Zeit seiner Geburt ab.

Verstehst du, was ich dir sagen will?
Also kannst du dich nicht in eine Fledermaus verwandeln?
Hi hi hi
Davids Tick ist viel lustiger.
Früher legte man Verstorbenen Fischernetze ins Grab. Angeblich waren Untote dann gezwungen, alle Knoten zu lösen.
So konnte man sicher sein, dass erst noch Jahrzehnte vergehen würden, ehe sie aus ihren Gräbern stiegen.

KRAM
Pass auf, ich zeig dir was!
!
KNOT
HIHI

Mona sagte, wir könnten uns einen Sarg aussuchen.
Welchen nimmst du?

Was?
Zitter
Ich ... ich will da nicht rein!
Kann ich nicht bei dir schlafen?

Letztes Mal ... hatte ich einen Albtraum.
Bitte lass mich bei dir schlafen!
Ich mach mich auch klein!
Bitte! Ich will nicht alleine in dem Ding sein!
Ich habe Angst!

Selbstverständlich kannst du bei mir sein.
Worauf wartest du?
Puh!
Danke!

Blush
Schlaf gut, Krümel.
D... du auch ...

IX

S (xs|ys)
f(x) = -1/2 (x² - 8x + 4²) - 8 - 5
= -1/2 (x - 4)² - 13
S (4 | -13)
Folgefehler
2/4

Na, was hast du, Zeckengruftie?
O nein.
Und deswegen heulst du?
Sei doch froh!
So ne dumme Kackbratze!
Ihr versteht das nicht ...

Heult die wegen einer 3!
Die hat so einen weg!
Hast du das vorhin mitbekommen?
Hörst du zu?
Hör auf, dieses Zeug zu essen!
Erklär mir lieber, was das hier soll!
Tja, wer sich scheiße anzieht, ist auch scheiße im Hirn.

Nimm dir doch mal ein Beispiel an deinem Bruder!
Was soll das? Schämst du dich nicht?
Was habe ich getan, dass Gott mich mit einer so unsagbar dummen und begriffsstutzigen Tochter straft?
Ich hab gelernt! Wirklich!
Ich hab mir echt Mühe gegeben!

Ich ... hab
mich doch
bemüht ...

Arol. Super toll.
♪

Dank dem Blut sind die Wunden schneller verheilt. Jetzt muss nur noch meine Maschine trinken.
Das war wirklich nötig!

Ich wusste, du würdest hier-herkommen.
Achat!

Wie lange schleichst du mir schon nach?
Ja, habe ich.
Hast du etwa hier gewartet?

Freiwillig meldest du dich ja nicht bei mir.
Dass du dich nicht schämst, Achat.

Oder behandelt man etwa so seine Meisterin?

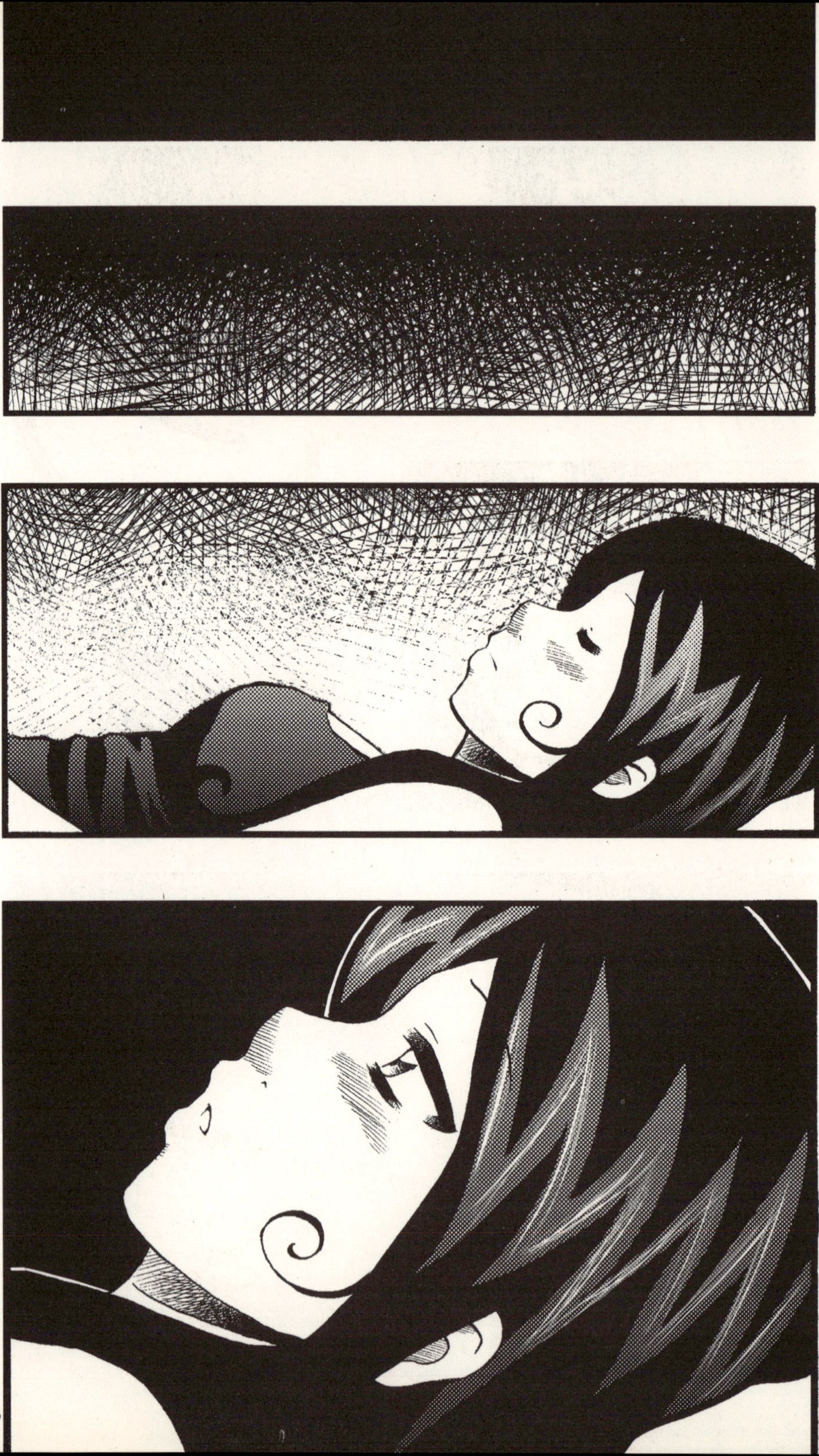

TAST
Herr David?
KRIII...

Hey!
Ich war in eurer
Wohnung und habe
euch etwas
Frisches zum
Anziehen ge=
holt. Grüße
Mona

Mein Engel
Ich bin bald
wieder bei Dir,
also hab
keine Angst
In Liebe
Da

HECHE
SEIT 1931

Woher wusstest du, dass sie hier sind?
Julia hat ihre Auren aufgespürt.
Ich muss mit Dave sprechen. Dringend.
Worum geht es denn?

Emily?
Was ist denn mit ihr?
Das Mädchen.
?
Sie hat kein Alias.

Und was heißt das?
Du kennst unsere Ge-setze nicht?
Ach ja! Doch.

Ich erkläre es dir.
Nicht nötig! Ich weiß es wieder!
Wir haben eine eigene Politik und Gesetze.
Wirklich, Johnny!
Du brauchst nich...
Damit wir ohne Probleme unter Menschen leben können.

Wer heutzutage ein Vampir werden will, braucht eine starke Seele.
Das Alias ist eine Art Ausweis. Wer keines hat, lebt sozusagen illegal.
Stell dir vor, ein Mensch mit labiler Psyche wird zu einem Vampir.
Nach wenigen Jahrhunderten könnte er den Verstand verlieren, weil er das ewige Leben nicht erträgt.

Einem Wahnsin-nigen sind Regeln egal.
Er wäre eine Gefahr für uns alle und für sich selbst.
Aber auch ungelernte Frisch-linge sind ein Risiko.
Wir haben uns darauf geeinigt, so wenig Menschen wie möglich zu töten, um nicht auf unsere Existenz aufmerksam zu machen.
Ein junger Vampir, dem niemand beibringt, zu trinken, verfällt oft in einen Blutrausch und mordet wahllos und unkontrolliert. Sie werden vom Instinkt geleitet. Um dies zu verhindern, benötigen sie einen Lehrer.

Nicht jeder kann mal so eben einen Menschen zum Vampir machen.
Deswegen stehen harte Strafen demjenigen bevor, der gegen das Gesetz des Schaffens verstößt.
Mögliche Neuzugänge müssen auf Eignung geprüft werden. Würden sie das ewige Leben ertragen? Halten sie sich an Regeln? Genau können wir es nicht sagen.
Aber wir können eine Vorauswahl treffen, um das Schlimmste zu verhindern und die Kontrolle zu behalten.
Wenn diese Prüfung bestanden ist, bekommen sie ihr Alias und sind 300 Jahre der Besitz ihres Schöpfers.

Er ist selbst noch seiner Meisterin verpflichtet. Aber sein größtes Problem ist dieses Mädchen. Du weißt sicher, was die beiden erwartet.
Das kommt ja auch noch hinzu: Dave hat wirklich Mist gebaut!
Die Todesstrafe.

O Gott!
Wenn er sich stellt, hat er vielleicht noch eine Chance.
Wenn du dich zusätzlich für ihn einsetzt.
Ich?
Ja. Als Immanuels Kind hast du doch eine Sonderstellung.
Ob das klappt ...?

Nun, er könnte ja auch zur Villa drei Blocks weiter gehen und klopfen. Rubinia könnte den beiden sicher am Besten helfen.
Eine Villa drei Blocks weiter?
Wenn Rubinia sich verbürgen würde, stän-den die Chan-cen ziemlich gut.
Die finde ich!

Ich werde Herrn David helfen!
Dann rette *ich* ihn mal.
Na ja ... es könnte alles so einfach sein ...

Dumm nur ...
... dass Rubinia mehr schaden als helfen würde ...

# X

Behandelt man so seine Meisterin?
Dein Bruder hat es mir erzählt.

Ein Mädchen mit Haaren wie schwarze Seide.
Augen wie Saphire.
Blutjung ...
... und unglaublich naiv.
Das geht dich nichts an.

Hast du vergessen, mit wem du sprichst?
Wack
Du bist mein Eigentum. Alles was dir gehört ...
... ist meins.

Das gilt auch für dieses Mädchen, das du gar nicht hättest erschaffen dürfen.
Wenn das publik wird, hast du ein Problem.
Die Todesstrafe erwartet dich.
Und sie auch. Es sei denn ...

Mit deinen 287 Jahren bist du noch ein Kind.
Mein Kind.
... ich verbürge mich für euch.
Kaum bist du auf dich allein gestellt, machst du nur Unsinn.
Deine Mutter hätte dir nicht erlauben sollen, in eine eigene Wohnung zu ziehen.
So ganz ohne Aufsicht.

Dabei weißt du doch im Grunde, wo du hingehörst.
Du kennst deine Aufgabe.
Keine Reaktion?
Was soll das?

Ich hab einen besseren Lebensinhalt gefunden, als dir zu dienen.
Es ist vorbei.
Und das weißt du ganz genau.
Ich warte keine 13 Jahre mehr, bis ich von dir befreit bin. Ich bin es jetzt bereits leid, dein Spielzeug zu sein.
Ich habe noch eine andere Lösung für dein Problem.

Wenn das Mädchen nun gar nicht existieren würde, hättest du keine Strafe zu befürchten.
Du weißt ja ...
... ich bin gut darin, dir Dinge wegzunehmen, die dir lieb sind.

Nun?
Bringst du mir das Mädchen? Kommst du zurück zu mir?

Niemals.
Ich lasse mich nicht erpressen.

Ich werde sie vor dir beschützen.
WROOOMM
Au revoir, Rubinia.

Oh, Achat ... im Beschützen warst du nie gut.

...
Jetzt hab ich hergefunden ...
... und dann macht keiner auf.
Ich hab bestimmt zehnmal geklingelt!

Ich warte einfach!
Ich werde ihm helfen!
Du hast mich gerettet!
Ich hab dich lieb!
Danke!

Was denk
ich denn da?
Ab
sofort ...
... trinke ich
nur noch
aus Blutkon-
serven!
Ojeee ...
WROOMMMM

Vielleicht
ist das
ja diese
Rubinia!

Die Augen wie Saphire ...
Die Haare sind schwarz und seidig ...
Ist sie das etwa?
Kann ich dir weiterhelfen, schönes Kind?

Ich brauche Ihre Hilfe!
Sind Sie Frau Rubinia?
Ich hab gehört, Sie könnten ihm helfen!
Herr David ist in Gefahr, hat der kleine Junge gesagt ...
Das gibt es ja nicht!
... weil er mich gemacht hat!

Ich hab Angst, dass ihm was pas-siert! Kön-nen Sie, mir helfen?
Das wird ein Spaß!
Du bist Achats neue Schöpfung? Ich meine Davids?
J... ja ...

Gott sei Dank!
Hä?
Verzeih, ich habe dich sicher erschreckt.
Ich bin nur so erleichtert, dass du noch lebst!
Was?

... aber ich habe ihn längst nicht mehr unter Kontrolle.
Hätte ich doch nur gewusst, wozu er fähig ist ...
Ich bin seine Schöpferin ...

Hat er dir etwas getan?
Nein! Herr David ist immer freundlich!
Er beschützt mich vor Jägern, vor der Sonne und schläft mit mir in einem Sarg, damit ich keine Angst haben muss! Er ist auch mit mir zum Zahnarzt gegangen.
Er ist auch nicht böse, wenn ich mal was falsch mache!
Er sagt immer liebe Sachen zu mir.

Emily.
Mädchen, wie heißt du?
Acha... David hat dir diesen Namen gegeben, nicht wahr?
Emily? Merkwürdig ... der Name in ihren verschlossenen Erinnerungen ist ein anderer ... Emily ...
Moment ... hieß so denn nicht Achats ...

Saphira würde viel besser zu dir passen.
Echt? Meinen Sie?
Ja ... ich weiß meinen richtigen Namen nicht mehr ...
Dachte ich es mir doch.
Weißt du eigentlich, wer dein Schöpfer ist?

Ein Mörder.
Ein Vampir?!
Es ist sein Hobby zu töten. Er macht Mädchen zu Vampiren, stiehlt ihnen das Herz ...
Das ... sind wir doch alle ... oder?
... und bringt sie dann um.
Du verstehst nicht.

Als er noch ein Mensch war, ermordete er seine Frau und sein Kind.
Das ... g... glaube ich nicht ...
Saphira! Wieso sollte ich lügen?
Wer kennt ihn denn besser als ich? Ich meine es nur gut! Es war die richtige Entscheidung, zu mir zu kommen.
Beruhige dich.

Haare wie schwarze Seide ...
... Augen wie Saphire ...
... blutjung ...
... und unglaublich naiv.

XI

Dave.
Rubinia? Was wollte sie?
Na toll. Erst Rubinia und jetzt du.
Wäre ich doch heute nur im Sarg geblieben ...

Ich hasse diese Frau.
Pascal hat ihr von Emily erzählt. Sie wollte mich erpressen.
Wo ist Emily? Schläft sie noch?

Was hast du nun vor? Willst du sie ...
... ewig ver- stecken?
Ich habe sie nicht gesehen.
Warten, bis dich jemand verrät?
Du weißt, wozu sie fähig ist.
Oder bis Rubinia sie holt?
Sei ver- nünftig!

Und was soll ich deiner Meinung nach tun?! Sag's mir!
Stell dich.
!
Ich wusste ja, dass du mich nicht leiden kannst ...
Aber dass du mich tot sehen willst?!
Klapp

Gut ... nehmen wir an, ich stelle mich.
Was dann?
Red keinen Unsinn! Du bist ein Freund und Ich will dir helfen!
Auf unerlaubtes Schaffen steht der Tod und Rubinia verbürgt sich sicher nicht für mich.

Wenn ein Mensch eine Straftat gesteht, wird das doch auch bei der Urteilsfindung berücksichtigt. Und wenn Rubinia sich nicht verbürgt, tun wir es.
Ob das klappt, weiß ich nicht, aber wir können es versuchen.

Was hast du zu verlieren?
Und ihr beide wollt euch verbürgen, oder was?
Sure.*
*Klar.

Aber ich denke, Mona könnte was bewirken.
Ich weiß nicht, inwiefern mein Wort zählt ...
Immanuel ist das Clanoberhaupt in der Stadt ...
... und er liebt sein Kind – er liebt Mona.

Du siehst gruselig aus, wenn du lachst.
...
Was soll das heißen?
Das könnte wirklich funktionieren!
Was ist los? Hab geschlafen, sorry ...

Also noch einmal von vorn ...
SKULL

Das ist das
SKULL.
Ein Treffpunkt für
unseresgleichen.
Woah!

Und was wollen wir hier?
Ich habe hier noch etwas zu erledigen ...
Und ich kann dich doch nicht allein lassen.

Komm.

Keine Angst.
Setz dich.

Ich habe das Gefühl ...
... als würden mich alle anstarren.
Das tun sie auch.
Du bist ein hübsches neues Gesicht.
Und du duftest noch nach Mensch.
WAS?!

I know you!*
*Ich kenne dich!
Jonathans kleine Schwester ...
Ah! Du bist das Mädchen vom Zahnarzt! Deine Haare sind ja jetzt grün!
Exactly!*
*Genau!

Kann ich euch was anbieten?
Einmal B, Rhesusfaktor positiv.
Und du?

EMILY!
Wo bist du? Emily?
STATTUNGEN
HECHER
SEIT 1931
*Urnenhalle
Hier ist sie auch nicht.
Das gibt es doch nicht!
Nichts im Kolumbarium* ...

Klebt mir da gerade eine zahnlose Oma im Nacken?
Was kommt denn noch?!
Oma! Lass das!
Du sabberst ihn ja ganz voll!

Arbeitest du hier?

Isch ha'ja keine schtitzn Eck-tschähne wie ihr.
Du bist kein Vampir, trinkst aber Blut?
Ich bin ein Vampir! Nur ohne Eckzähne!
Versteh ich nicht ...
Ja! So ist es einfacher für mich, an Blut zu kommen!

Huch!
Moment ...
Ich weiß auch nicht, wieso das so ist.
Düdel düdel
Hallo?

Warum willst du nichts trinken?
Ich ... mag das nicht ...

Weil das Fibrin herausgefiltert wurde?
Das geht ja leider nicht anders. Sonst würde es ja gerinnen.
Aber stimmt schon ... direkt aus der Ader schmeckt es besser. Dann ist es auch warm.

Nein, ich meine, ich mag kein Blut!
Ich würde viel lieber Schokolade essen! Tut auch keinem weh.
Aber das geht ja nicht ...

Das wird schon wieder.
Du hast ja jetzt mich.

Wir haben ein Problem.
Thanks, Julia.
Noch eins?
Sie sagte ...
Ich habe meine Schwes-ter angerufen und sie gebeten, die Aura des Mädchens auf-zuspüren.

>>Ich brauche dafür kein Aura-Sehen.<<
>>Sie sitzt gemeinsam mit Rubinia hier am Tresen.<<

XII

Na warte!
Garcette!*
*Miststück!
ROOOOOOOOOR

WROOOOM
Ich hätte es auch eilig, wenn es um mein Leben ginge.
Er rast ganz schön.
Ich glaube nicht, dass es ihm nur darum geht.

Ich glaube, er mag dieses Mädchen sehr.
Ja. Das kann sein.

BUMM
BUMM
BUMM
BUMM

Es ist nicht leicht, ihre Gedanken zu lesen.
Als hätte sie einen Schutzwall aufgebaut ...
Was hast du zu verbergen, Mädchen ...?

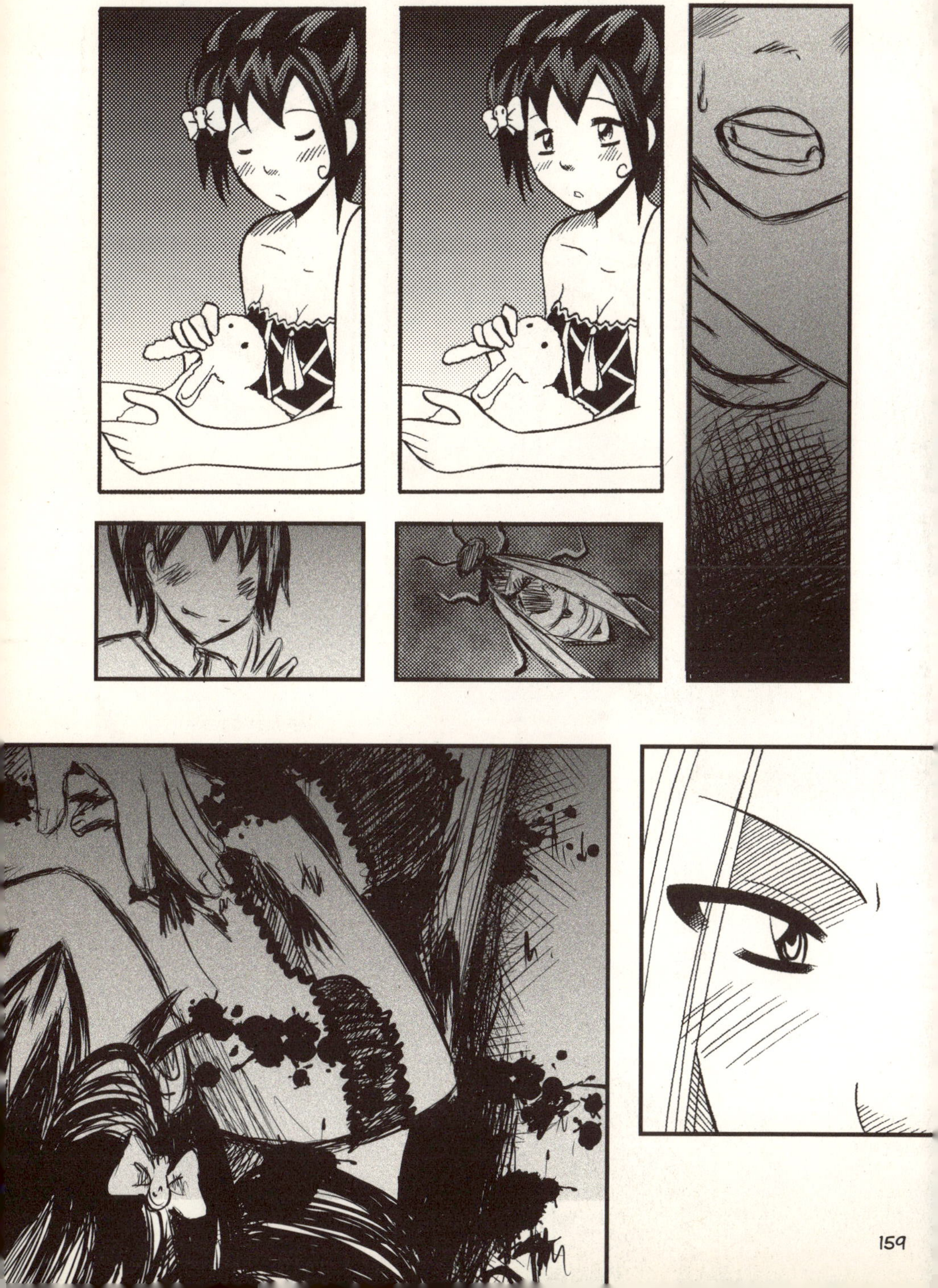

Emily!

Herr David ...
Alles in Ordnung?

Emily, hör zu!
Natürlich. Sie ist ja auch bei mir.
Was auch immer sie erzählt hat, glaub ihr kein Wort! Sie ist ein intrigantes Biest! Alles was sie sagt ...
... ist eine Lüge!

Das glaube ich nicht. Frau Rubinia ist sehr nett ...
Du solltest ihr nicht vertrauen!
Mona hat Recht.

Wieso sagt ihr so etwas?
Was habe ich euch getan?
Frau Rubinia?

Es tut mir leid, Saphira!
Ich habe keine Chance gegen David, wenn er Verstärkung hat ...
... aber ich hole Hilfe!

Lass sie los!
ES REICHT!
Lass die 'Ände von meinem Mädchen! Sonst kann isch für nichts garantieren!

Ich liebe es, wie dein Akzent durchbricht wenn du wütend bist ... Bald wirst du wieder vor mir knien und bereuen, dass du dich von mir abgewendet hast.
BUMM
BUMM
BUM
BUMM
BUMM
BUMM

BUMM
BUMM
BUMM
Wieso bist du so gemein?

Du kennst sie nischt!
Vertrau mir! Sie ist das pure Böse!
ISCH bin gemein?
Geh dieser Frau aus dem Weg!
Hör auf mich, Emily!

Wieso schreist du mich an? Ich ... hab doch nichts gemacht!
Es tut mir leid.

Mein Groll richtete sich nicht gegen dich.
Gegen wen denn dann?

Bitte glaube mir, wenn ich dir sage ...
... dass sie dir nicht wohlgesonnen ist.
Gegen Rubinia natürlich.
Aber sie ist so nett ...
...
Das wird sich hier im Kreis drehen.

David.
Das kannst du doch sicher auch später noch ausdiskutieren, oder? Ich denke, du hast etwas Wichtiges zu erledigen. Je länger du wartest, desto schlimmer wird es.

Du solltest sofort zu Immanuel.
Wer ist Immanuel?
Immanuel ist das Clanoberhaupt der Vampire in dieser Stadt.
Als einer der Ältesten sorgt er dafür, dass die Gesetze innerhalb des Sektors eingehalten werden.
Er ist unser Richter.

Wer weiß, was Rubinia im Schilde führt ...
Ihr habt Recht. Ich sollte mich beeilen.
Komm Emily.

Ich muss mit?!
Natürlich!
Es geht doch nur um dich.

Um mich ...?
Mhm.
Lass das!

Verzeih.
Gehen wir einfach.
BUMM
BUMM
BUMM
BUMM

David Dampierre.
Du wirst des unerlaubten Schaffens angeklagt.
Laut Gesetz ist die Strafe dafür ...

... der endgültige
Tod.
Fortsetzung folgt ...

Hier ist er also, der zweite Band von Grablicht! Ein gemeines Ende, nicht wahr? In diesem Band taucht das „Geburtstagskind" auf. Mona, dieser Band ist dir gewidmet! Dein Comic-Ich sieht dir – wie ich finde – wirklich sehr ähnlich und jeder, der Grablicht liest und sich mit Models aus der Gothic-Szene auskennt, wird dich sicherlich erkennen!

Dieses Mal war die Arbeit an Grablicht etwas schwieriger, da ich nun wieder die Schulbank drücke. Daher habe ich mir Hilfe geholt. Ein riesiges Dankeschön geht an meine beiden Assistenten Maria und Désirée, die mich tatkräftig unterstützt und motiviert haben! Maria schafft es, meinen Stil so gut zu imitieren, dass wir selbst nicht mehr genau wissen, wer was getuscht hat, und Désirée verschönerte Band 2 mit sauberen und detaillierten Hintergründen, welche sie mit gruseliger Geschwindigkeit fertig stellte.
Es hat wirklich Spaß gemacht, im Team zu arbeiten. Ein „**Wir** schaffen das!" klingt viel besser als „Ich schaffe das!"
Vielen Dank auch an diejenigen, die in besonders brenzligen Situationen ausgeholfen haben, egal ob es sich dabei um das Rastern gehandelt hat oder um Hilfe bei umfangreichen Hausaufgaben. ☺
Was ich ohne Rebecca gemacht hätte, die zeitgleich an Sternenstaub gezeichnet hat, weiß ich nicht. Aber die Arbeit an Grablicht wäre ohne unsere Telefonate per Skype sicher nur halb so schön gewesen!

Ich hoffe, ihr hattet auch dieses Mal viel Spaß beim Lesen ...
Weiter geht es dann in Band 3!

Eure
Daniela ©

Fanart von Melanie Schober

Assistieren macht enorm Spaß!
Vor allem, wenn man eine Chefin hat, die während der Arbeit mit dir telefoniert, dich ohne Unterlass mit Lob überhäuft und dir Lieder vorsingt!
Also ... wenn sie singen kann.
Und das kann FuXx!
Danke, FuXx, für die schöne Zeit und die Möglichkeit, einiges dazuzulernen!

Maria alias azara

Herzlichen Glückwunsch zum Erscheinen von Band 2!
Kaum zu glauben, wie schnell die Zeit vergangen ist! Auch wenn mich die Hintergründe, die ich getuscht habe, irgendwann sogar nachts im Schlaf verfolgt haben, war es eine sehr schöne Zeit! FuXx ist sehr lieb, ich bin wirklich dankbar, dass ich mitmachen durfte! Grablicht ist einfach toll und ich habe viel gelernt!
Mach weiter so, FuXx!

Désiree alias nayght-tsuki

Fanart von Maria Hecher

Fanart von Désirée Kunstmann

# Daniela Winkler

alias "FuXx" wurde am 28.02.1988 in Oberhausen geboren. Seit kurzem lebt und arbeitet sie in Dinslaken.

Mit Grablicht erfüllt sie sich den Traum von einer eigenen Comicreihe in ihrem Lieblingsgenre.

Twitter:
PILLOW_PRINCESS

Erscheinungstermin:
10.09.2010

Auf dem Nachhauseweg begegnet die Schülerin Chidori plötzlich dem Götterboten Hermes. Durch eine Verkettung unglücklicher Umstände müssen sie daraufhin gemeinsam die Menschheit vor launischen Göttern und dunklen Machenschaften beschützen. Ein deutscher Magical-Girl-Manga von Lisa Santrau.

**Götterboten**
von Lisa Santrau
ISBN: 978-3-426-53002-3
192 Seiten
€ (D) 6,99

Mit der Macht der alten Götter! Ein zauberhafter Manga mit viel Gefühl aus der Feder von Lisa Santrau.

COMICSTARS®
Deine Comicplattform
www.comicstars.de
DAS IS DIE ERSTE SEITE. VIEL SPASS, KUMPEL!
MANGAS UND COMICS ONLINE LESEN
VERLEGE DEINE EIGENEN MANGAS UND COMICS !
Videozeichenkurs
News- und Hintergrundinfos
Zeichenwettbewerbe
Freunde im Forum treffen
Japanischkurs
... und alles kostenlos
MANGAS ZEICHNEN LERNEN
MANGAKA.DE
www.mangaka.de

**ACHTUNG!**
*Grablicht 2* wird von rechts oben nach links unten gelesen und ist auf dieser Seite schon zu Ende!
Also schnell die erste Seite aufschlagen!

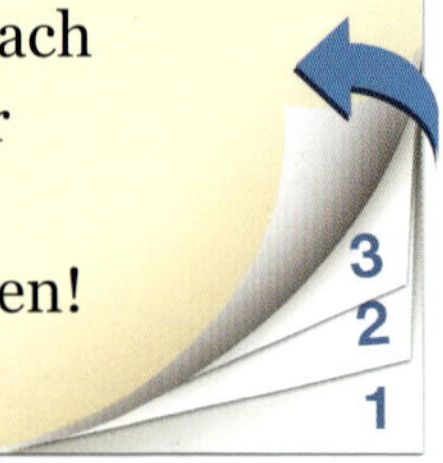

Um diesen Titel online auf www.comicstars.de zu lesen, findest Du den Download-Code im 9. Kapitel.


FSC
www.fsc.org
MIX
Papier aus verantwortungsvollen Quellen
FSC® C083411




Illustration & Text: Daniela Winkler
Redaktion: Anne Delseit
Satz und Reproduktion:
Martina Peters (Innenteil), Susanne Wunderlich (Redaktionsseiten)



Umschlaglayout: ZERO Werbeagentur, München
Druck und Bindung: CPI – Clausen & Bosse, Leck

Printed in Germany
ISBN 978-3-426-53006-1
5 4 3 2 1